もってのほか

森 文子

思潮社

目次

*

装画＝森　雅代

もってのほか

森　文子

おばあさんの畑

まだ　冬色にくすむ
畑のすみの
ひと畝が
丁寧に耕されていて

春あさい風のなか
まちきれずに
出かけてきたのだろう

なにより　まず
今年もおねがいします
土への
ご挨拶申しあげたくて

いつものこと
とても　かないっこない

おばあさんには

ひね生姜

ほりあげよう　初霜までに
鍬をいれるなり　はじけた
新生姜のかおり
塊から　茎から　葉のさきざきから
ほとばしる
ラ・カンパニュラ　フジコ・ヘミング　奏でる

さつき晴れ　土にうずめた種生姜　十かけら
馬鈴薯の種芋のよう　朽ちてしまうのだろうか

新生姜にくっついて
うえつけたそのまんま
まぁ　できたのね　土まみれ
すりおろし
ぎゅっと　しぼると
したたりおちる　豊穣なかおり

あしらいに　玄関わきのつくばいへ　秋菊
おむかえした御前さま　しばし足をとめられ

たかだか　ひね生姜のひとかけら
でも　なんだかわびしいな
このまましなびて　干からびていくの
あたらしい光にむかって
みえないなにかが　そっと
近寄ってきてくれるまで　は

レタサイ

あふれそう
野菜たたえ満々と　郊外の道の駅
おしよせる　波
みんな　うきうきピクニック

レタサイに出会ったのも　ここ
ぱきぱきレタスの
ほのあま白菜の　魂

舌の上　ころがらずじまい

浮かんでいる　夏のなごり雲
気楽そうにみえるけれど
背中は　氷雨に打たれているだろう

なびくね　種屋さんへ
珍しい種よぉー
新しい種よぅー
道の駅に納める
農家のおじさん　おばさん

やわらいだ秋の陽につつまれ

白菜とレタスと　それぞれの畝に
気持ちそのままの自分を　蒔く
いつもどおり

わたしの想いも　実は新種なんです

＊レタサイ　レタスと白菜をかけあわせた新種の野菜。

カラスの眼

黒づくめの体にまぎれさせ
これ幸い　めだたない眼で
きょうも頂戴するものさがし

とりわけお気に入り
ここの畑
いちごにえんどう　トマト
いちじくも　柿も

赤くいざなういちごに　つい夢中
と　ここのおばさん　いそいそ
急ぎ電柱からうかがう　ご機嫌を

もちまえの千里眼で
はるか　見やると
むこう　かの国の大統領
ふるえているようにも見える

電柱にかまえた　愛の巣
いちどならず　根こそぎ持ちさられ
そのたびに　心から血がしたたり流れた

たらふくなんて　望みません
おばさんだけでも
約束する
すこし大目にみてほしいな
精一杯きれいな声で鳴くからさ

もってのほか

わずかな残り火　ほこらせ
菊づくりに分け入った　姑《かあ》さん
別院参道での　菊花展
舅《とう》さん　とどいたでしょ

ほどいた花びら　二杯酢に浸し
ふるまい終えると
小走りで渡っていった　向こう岸

思いのほか　だった
うす紫色の　小菊
すっかり摘みとられ
ぎゅっと箱に押し込まれるなんて
心地よく咲いていたのに

シャキシャキした歯ざわりの奥
かすか　えぐみ
もってのほかの味わいか　これが

畑のへりの小菊
このまま　ここで咲いてほしい

この歳になってようやく
しっとりにじむ　花
しずかに　香れ

*もってのほか　東北地方産食用菊の呼び名。お土産品にもなっている。

つる性

（庭のつげの木　もうダメ
　のうぜんかずらに　からみつかれて
肩をおとした　おとなりの中野さん
（藤づるが　びっしりとまきついている
　そのうち山は　立ち枯れていくだろう
老いた父の顔が　くもる

ひときわ眩しい花々のかげ　に

かよう　命のせめぎあい　ひそんでいる

はたけで　えんどう
一粒万倍日の　ま夜中の闇に
空までつるをのばし
とどけたみたい
さるお方へ　実りのおすそ分け
空が白むまえには
もとに戻っていたわね

らせん階段で
うっかり振り向いてしまった　つい
くだけた夢のなんとまあ　ほろにがさ

しらずにつけた痛み　深々と
すぎ去った時間よ　一瞬の夢まぼろしか

わたしのうちに　まだ
伸びようとするつるが

業《ごう》

なつ　このままと　おもわせぶりに
つちのなか　しのびよる　あき
きせつは　まってくれない
いそがねば
あきふゆやさいのしたく

にわかおにになって　しまつにかかる
なつのなごりども

えいっ
じゅみょうをきりすてていく　ばっさり
おくらよ　なすよ　くろうりよ　あゝ

こんなむごいさま　ゆるされますか
しまいになるにつれ
たちのぼる　じっとこらえていたもの
むねん
くちをきけない　それらの

つちに　いのち　はぐくみつづけてきた
そうおもいあがるこころ　おさえきれなくて
どうすすげばいいだろう

さながら　この業を
くもにきいても
かぜにきいても

そらなら

ひげ根

あかくなれ　あかくなーれ
まだ青くかたい実の　ひとつひとつ
撫でてあげるしかできない
初夏めく　昼下がり
さいごの一本まで　とつぜんにしおれ

おどろいた　根っこを掘りおこして
はりめぐらされたひげ根

水のやりすぎ　すっかり根腐れていた

手をかけてこそ　おいしいトマトに
ずっと信じていた　今朝までは

生まれはアンデス
水もない　荒れた岩地
すきまに分け入り　へばりつき
ついに実をなした株根っこ

ひげ根よ
なされるままの人生
さぞ　やるせないだろうに

あかくなれ　あかくなーれ
この手で招き寄せてあげよう
アンデスの風を
ひとつひとつの青いかたい実に

トウ立ち

春の扉があいて
菜園によみがえった　賑わい
無事に冬を越せてよかった
春菊　かんらん
ほうれん草　ねぎ
陽気にさそわれ　競いトウが立つ

硬くのびた茎　階段のぼって

次への足取り
つぼみが生まれ　花ひらく

いまも耳に残っている
　トウが立ってしまっては
　もう遅いんだからね

花から種へ　一気に
だれにも止められない　勢い
ふたたび始まるいのちのサイクル
種子　たくさん
さらさら　手ざわり良く

わたしだって
いくつも階段のぼって
ここまで来ましたよ

種をまいていく　これからも
わたしを楽しむ　証しに

コンパニオンプランツ

おいしい野菜　うまく育てたい
コンパニオンプランツの助けに委ねてみる
ばじる　にら
ナスやトマトの若苗に添わせれば
はや　ぷっくりふくらむ　大収穫の夢
主役顔の夏野菜たち
脇役どころのコンパニオンプランツ

ズッキーニの花の蜜を
いただく　もんしろちょうと
花粉がはこばれるの
ひそかに待つ雌花が　あって
か弱い　みみずのいのち
丸ごとあずかる土　と
ふかふかな土をしずかに生む
みみずが　いて

かぼちゃ　大豆　とうもろこし
お世話するのが夏休みの子らのルーティン
流した汗水
野菜ばかりか　少年たちをも育てて

人と植物との
新種のコンパニオンプランツ
あちらこちらの菜園の　遠風景

＊コンパニオンプランツ　助け合って生育する相性の良い植物。

草むしり

野菜をそだてているのか
それとも　草なのか
もう　自分でもわからなくなる
どれだけ草の種をかかえ込めば
気がすむのでしょう　土

三年前の　ふるびた蕪の種
いつまでまっても　芽　出ずじまい

そのかわり　なんて
ひたひたとわかい夏草　はびこる
ことのほか　野菜種　こまやかですよ

古びた小イスに　腰をすえ
姑の形見の
かまを　さしこむ
反対の手で　つみとる
たったこれだけの　ひたすら
草をむしる　という　静寂です

一本のあおい芽を　ひく
　せりあがる　ざらついた不安

土はならすように消していく
別の一本を　ひきぬく
いいようのない　ほの寂しさ
土のぬくもり　おおいつつむ
さやかな風が　体の芯をとおっていった
心のトゲ　ぬけましたよ

＊清水富士子さんの句から想を得ました。

*

冬の雷

空が割れる　ゆさぶられるぞ　大地
冬の雷　雪を起こす
すっかりおどろいて　ぼく
あわてて　この世に生まれおちた

神さんが鳴るから　か・み・な・り
天駆け　見まもってくださる
うちのカミさんとは違うぞ

どれだけ聞かされたか　祖父の膝で
いま　ドビュッシーの「子供の領分」
「雪は踊っている」のなか

突き刺さる稲妻　とどろく雷鳴
怖くない　もう
これはエール　青春真っ只中への
ヴィヴァルディ「四季（冬）」第一楽章
未来へ　つづく道

職場で　すぐ帰宅せよと　呼びかけが
これなのか　ホワイトアウトとは
自然の魔物と　ちっぽけなぼくとの間にあるもの

ふとよみがえる　祖父の膝
信じる　見まもってくれる神さまを
「四季（冬）」第三楽章
ゆっくり　近づいてくる

ルツェルン音楽祭

木橋の下　さらさらと水
すきとおる　真夏のひかり
水鳥　そこここに羽根をやすめ
水辺に　人は集う

ホールの中にも流れる　小川
かつてワーグナーらも加わった
幾夜のコンサート

鳥や人が　水に憩うように
音楽もまた　水に憩われていた

のしかかるものの重みに
ひしゃげる前
はるばる　来てしまった
ひまわりいっぱいの街

母のおなかにいるように
たぶたぶ　水にこころ浮かばせ
音楽に浸っているうち
あたらしい芽　生まれたみたい

戻った　いつもの日常
まるでちがって迫る

見えない水が
からだじゅうを流れています

＊ルツェルン音楽祭　スイスのルツェルンで毎夏開催される国際音楽祭。
日本の作曲家・細川俊夫も曲を発表している。

梅干し漬け

揉んで揉んで　出しきった黒いアク
塩漬けのかめへ　赤しそ
たちまち　梅汁まっすぐ染まる
梅仕事にも　こんな華のある場が
あとは　かび浮いてきませんよう
梅漬けが腐ると　不幸がノックする
ところで　何でしょう　アク

梅を一晩水に晒したように　ナスも
砂糖ひとつまみ加え　ほうれん草をゆがく
野菜だけでない　肉類　魚
たんたんと　すくいあげるアクの日常
しぶみ　にがみ　えぐみ　時には　いやみ
ヒト科のどの身にも
それって　潜んでいますよ　ほら
いったい　何者なのでしょうね

ときには　苦味な食べものが欲しいな
ちょっと癖のあるお方に　惹かれる
休みなく揺れうごく　心うち
暮らしの　やじろべえ

微妙なバランス　アクの出番
あちらと　こちらの均衡も　かようにと
味な　必要悪もあるものです
陽干し　梅干し
さあ　わが家の守り道具に納まった

おはなしたいむ

まだおはなしができない
あかねちゃんは
ねたきりの
ひいおじいちゃんを
のぞきこんで
ぷくぷくわらいます

もうおはなしができない

ひいおじいちゃんは
あかねちゃんと
めがあって
すこし
ほほをゆるめました

ただいま
こころのことばで
まひるの
おはなしたいむ

ねこものがたり

庭に　こまった置き土産
そろり身をひく
いつもの野良ねこ
夜どおし　なきやまず

ふだんなら　そらす眼
朝からひっぱる　ガレージへ
ねじりこんだか　身重の体

さて　シャッターのすき間に

やわらかい　あたたかい
ちいさな　ちいさな　きみ
思わず　両手に

あの日　まっさらな雪の上
まっすぐに足跡のこし　きえた
家族のひとりだった　チロ
チロの孫だね　家族よ

あっという間
口にくわえ

はしり去って
ほんの一瞬の
いい夢　だった

家族

寝たきりになった祖父を
毎夜　父は
風呂に入れた
昔々のこと
湯船の中で　祖父をかかえ
祖母は体を洗った
その間に寝床を整え
着替えの準備をする母

焚き口の前　幼いわたし
ひたすら待つ　父の声
「マキをくべて」
祖父が脳卒中で倒れ
六年あまりの月日

京都の本山へ
祖父の納骨をすませ　姫路にも
ひさしぶりの家族旅行
そんなこともあったりしたが
あざやかに　いま蘇る
祖父の病いがもたらした

つらかったけれど　懸命な日々
家族の思いの　ひとつひとつ
あのころの心で
マキをくべてみたい
もう一度

喪中はがき

ともちゃんとは　いつも一緒
野の子山の子だった　ふたり
とつぜん幼い星になった弟のひろ君
追うように　おじさんまでもが

和裁の道を心へ秘め　大阪の人に
ふたりを結ぶよすが　いつのまにか
年賀状の往き来だけに

旦那さんが旅立たれたなんて
スケート場で転倒して　まさか
それでも　立ちのぼった
お針一本で　家族を背負う　覚悟
喪中はがきのはしばしから
頼みの兄さん　急逝したときも　また

おばさんの介護を終えたあなたと
秘密のササユリ群生の場所へ
いつも　田植えのころだったよね
咲きほこる香りに　身を委ね
あなたは　さめざめ泣きつづけた

木枯らしが運んだ　ひとひら
母友江（享年六十三歳）　四月四日永眠しました

孫守り帰りの
万博記念公園の桜並木の下で
冷たくなっていた　と
花は　こぼれつづけ
あれからもう　とうに十年
いまも　心の隣りです

柿ひと枝

先導は　きらびやかな袈裟すがた
祖父の野辺の旗ゆく　ほそい　行列
おんぼを務めるひとが　待つ
むらの火葬場へ

せみしぐれを突きぬけ　天へのぼっていく
ほとけさまになって　じいちゃんが

十さいの　おんなのこ
なみだの指で　けむりを　追いかけていった

ふるい柿の木　山ぎわの火葬場近く
少女をまねく　おいでおいで
もいでやるぞぅ　ほぅれ　と色づいて
山仕事のかえりみち　遠縁のおじさん

ふたりで柿を食む　小春日和
　じいさまにたすけてもろたことがあってな
　ほんまありがたかった　あんときは
　よかったおもうとる　おんぼさせてもろて

なんともいいな　日焼けしたおじさんの顔
まっさおの空へ　ときはなたれて
じいちゃん　よかったね
おとなになるのも悪くないなって　気がしたよ

じいさまに　そなえろ
ごつごつした手でつかまされた　柿ひと枝
ずっしん

＊おんぼ　火葬の際、遺体を荼毘に付す人。当時この集落では、すべて村衆の手で葬式が出された。

かくれみの

葉っぱの形が　蓑そっくりに
ふかまる秋にも　それほど葉おとさず
早春のみどり　ことさらやわらかい
四季をとおして　居ずまい美しい
かくれみの

ひろい更地に　ならんで立った
間取り図の裏に　父のおもい透けた

ご不浄のよこ　青木とやつでに挟まれ
ひかえめに位置した木
この前に立つのを　見かけた
ひととき　隠れ蓑をまとい
ざわつく心おさめる　父のうしろ姿を

父は　もう往き
大きな家屋敷　跡形もなく
かようなものか　この世は

終の棲家にようやく落ちついて
しるしにうえる　いっぽんに

まよわずに選んだ　かくれみの
この身の仕舞い　見届けてほしい

あとがき

テレビ桟敷でニューイヤーコンサートを鑑賞するのが、新春の慣わしになっている。元日夜のウィーンフィルと、別の日のＮＨＫ名古屋放送局発ローカル版の二つを。今年の名古屋版で、懐かしい合唱曲が演奏され、画面に釘付けとなった。

かつてコーラス仲間と愛唱歌として歌ってきた『大地讃頌《だいちさんしょう》』。ゆったりした歌い出しから「人の子ら　その立つ土に感謝せよ」へと、徐々にフォルテシモへ高揚していき、それは　次の瞬間「平和な大地を　静かな大地を」と、一気にピアニッシモに変わる。そして終章へ。ピアニッシモを歌うときの、内にエネルギーを漲らせていく不思議な緊張が、このとき、鮮やかによみ返った。

詩を書く場合も、同じことが言えるのかもしれない。ひそかに何かを溜めて、ペンを進めていく醍醐味。これからも苦しみつつ、楽しんでいけたら、と願っている。

「木立ち」主宰の川上明日夫さま、同人の皆さまには、応援を頂いて参りました。厚く御礼を申し上げます。『野あざみの栞』に続き、お世話になった思潮社の藤井一乃さんにも、深く感謝申し上げます。

二〇二三年　文月

森　文子

もってのほか

著者　森《もり》 文子《ふみこ》
発行者　小田啓之
発行所　株式会社思潮社
一六二 - 〇八四二　東京都新宿区市谷砂土原町三 - 十五
電話　〇三 - 五八〇五 - 七五〇一（営業）
　　　〇三 - 三二六七 - 八一四一（編集）
印刷・製本　創栄図書印刷株式会社
発行日　二〇二三年十月二十日